KB164214

망상망상

국립중앙도서관 출판예정도서목록(CIP)

망상망상 : 이낙봉 시집 / 지은이: 이낙봉. -- 서울 : 토담미디어, 2017
p. ; cm

ISBN 979-11-86129-96-8 03810 : ₩9000

한국 현대시[韓國現代詩]

811.7-KDC6
895.715-DDC23 CIP2017024971

망상망상

이낙봉 시집

토담미디어

시인의 말

다섯 번째 시집 『폭설』이후
이렇게 저렇게 써 보았던
시들을 수정 보완해서 묶는다.

부질없는 짓인 줄 알면서
부질없는 짓을 또 한다.

차례

2부

3부

4부

5부

1부

시답잖은/시답지 않은 —시

자고로 선비는 가난하여도 마음을 청빈하게 닦으면서 의리와 원칙을 소중히 여기고 학문을 닦으면서 여유롭게 시서화를 즐겼다고 하는데, 나는 그림은 물론 글씨도 제대로 쓸 줄 몰라서 시답잖은 이야기를 시답지 않게 쓰면서 시라고 우겨보는 것인데,

한강변으로 이사와 살아보니 철새 떼도 보이고 물안개 피어오르는 강물도 보이고 지나가는 바람도 보이고 철조망도 보이고 흔들리는 풀숲에서 이리저리 기어 다니는 벌레도 보이지만, 선비는 언감생심 한량도 못되는 주제에 시정잡배가 겁간의 정치를 하는 이 땅에서 좋은 사람과 삼겹살에 소주를 마시는 일이 가장 즐거운 일이라고 하면서 시는 무슨 시,

시답잖은/시답지 않은 ―죽을 힘

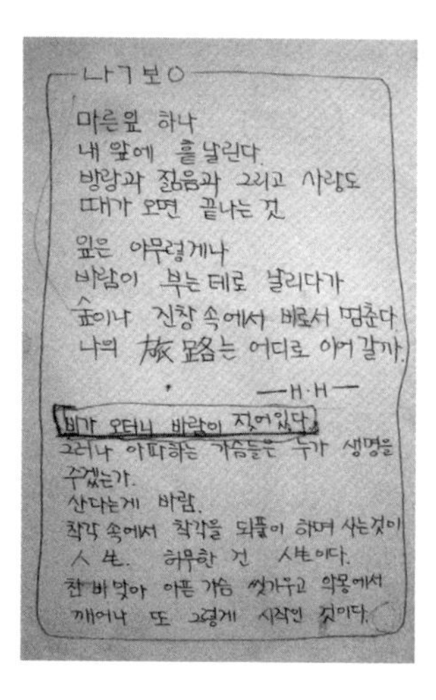

ㄴㅏㄱ보ㅇ

마른잎 하나
내 앞에 흩날린다.
방랑과 젊음과 그리고 사랑도
때가 오면 끝나는 것

잎은 아무렇게나
바람이 부는 데로 날리다가
숲이나 진창 속에서 비로서 멈춘다
나의 旅路는 어디로 이어갈까.

—H·H—

비가 오더니 바람이 잦어있다.
그러나 아파하는 가슴들은 누가 생명을
주겠는가.
산다는게 바람.
착각 속에서 착각을 되풀이 하며 사는것이
人生. 허무한 건 人生이다.
찬 비 맞아 아픈 가슴 씻기우고 악몽에서
깨어나 또 그렇게 시작인 것이다.

책장을 정리하다가 누렇게 변한 金洙映詩選『거대한 뿌리』(민음사, 1974)를 펼쳐보는데 79.9.24 소인이 찍힌 엽서를 본다, '혹시 내 얼굴에 굴곡이 생기지 않았나 거울을 들여다 본다/ 거울 속에는 굴곡이 없다' '엄마! 엄마! 엄마! 엄마! 죽고 싶어. 죽고 싶어. 죽고 싶어. 죽고 싶어.' '강물에 떨어지는 눈만큼이나 하찮은 존재' 「瀑布」에는 ※표시를 하고 〈나태와 안정을 배격한 시〉 등등 메모한 것을 읽어보면서 문청시절의 흔적을 뒤적이는 밤, 갑자기 이승훈 선생님께서 '죽을 힘을 각오하고 쓴 시가 처음의 시이고 죽을힘을 다해 쓴 시가 마지막 시인데 이승훈! 너는 무슨 시를 썼는가?' 호통을 치시는데 자신에게 하는 말인지 나 들으라고 한 말씀인지 깜짝 놀라 깨어난다,

〈

만해와 김수영은 너무 멀리 있고 이승훈 선생님은 아프셔서 만나 뵙기 힘든 여름, 자꾸자꾸 뒤돌아보는 여름, 만해축전 계간 〈시와세계〉 세미나에 참석하기 위해 김포 운양동을 나서는데 한강 바람이 서늘하다,

시답잖은/시답지 않은 ㅡ처음처럼

발기인 대회가 아닌데

내가 나를 미안해하지 못 할 때, 내가 나를 버리지 못할 때, 갑년을 살았는데 얼마나 더 살아야 분노하지 않을까,

비명인지 발악인지 마약인지 미약인지 얼마를 더 살아야 미치도록 벌어진 입 다물 수 있을까,

얼싸 얼싸 대부분 곧게 광장으로 쭉 가는데 간혹 위로 휘었거나 아래로 휜 또는 옆으로 휜 녀석이 있는데 항상 동그랗게 우아하게 소리 쳐야하는지, 얼싸 얼싸, 그림이 보일 때까지 그림이 그려질 때까지 쏟아내는 거야,

내가 나를 용서하지 못 할 때, 처음처럼 처음이 되지 못할 때, 얼마나 더 살아야 분노하지 않을까,

시답잖은/시답지 않은 —글꼴

수면제가 있지만

끼어드는 외제차를 피한다, 급하게 끼어드는 그놈을 받아버리고 싶지만 상욕을 하면서 피해준다, (덤프트럭이 끼어든 차를 받아 버리는 상상을 해본다) 바람난 남자가 주인공인 드라마를 보면서 여자의 반응을 궁금해 한다, (그 여자를 내 여자로 만든 또 다른 바람난 남자의 여자를 상상해본다)

궁서체를 연습한다 여름의 궁서체를 겨울의 궁서체를 연습한다,

곁눈질로 **복숭아체**를 본다 **옥수수체**를 본다 오이체를 본다 가지체를 본다 바나나체를 상상한다,

상처치료제도 있고 흉터치료제도 있다,

시답잖은/시답지 않은 ―출근길

외곽순환도로 상습정체지역인 계양IC에서 장수IC까지 상조회사 리무진과 버스 사이에 끼어 천천히 천천히 밀려간다, 왼쪽 창으로 강한 햇빛이 눈부시다,

오쉬비엥침(아우슈비츠)에 안개비가 내린다, 젖는 머리를 쓸어올리며 철길을 따라 걸어간다, 철조망이 따라온다, 철길 끝에 가스실이 안개비에 젖는다,

죽은자는 리무진을 타고 가고 산자는 버스를 타고 쫓아간다, 나는 얼른 선글라스를 꺼내 쓰고 중동IC로 빠진다, 중동의 사막이 눈부시다,

'아우슈비츠 이후 서정시를 쓰는 것은 야만' 이라고 아도르노가 말했는데 난 할 말이 없다, 할 말이 없는 것이 문제면 문제지만 하품하면서 눈물 흘리는 것도 문제다, 이렇게 주저리주저리 쓰는 것도 문제는 문제다,

〈

어, 그런데, 지금 몇 시지?,

시답잖은/시답지 않은 —검진

건강검진 결과 담당의사는 고지혈증 위험과 헬리코박터균 양성이라고 한다, 그리고 손가락으로 책상 아래를 가리킨다, A4용지에 고딕체로 쓴 술 담배 커피가 장벽처럼 붙어있다, 내가 가장 즐겨하는 그것을 금하라고 한다,

겨울 자작나무 숲에 눈이 내린다, 눈이 쌓인다, 눈길을 걷고 걷고 걸어도 눈길이다, 자작나무 숲 저 끝에도 눈이 내린다,

헬리코박터균을 죽이려고 약을 먹은 다음날부터 옆구리가 쑤신다, 오른쪽 등과 가슴에 겨드랑이에 붉은 반점이 나타난다, 헬리코박터균을 죽이려는 약의 부작용인가 의심하는데 담당의사는 대상포진이라고 한다, 60년 동안 막 굴린 몸이 심각하게 반항하는 모양이다,

시답잖은/시답지 않은 —문장만들기

격정은 격정으로 격정을 불러옵니다, 격정은 격정으로 격정을 불러옵니다, 바람이 격정의 격정의 파도를 낳아요, 라고 문장을 만들다가, 느닷없이, 불연 듯, 암암리에 보이던 문자들(삼포 몸짱 수포 얼짱 귀요미 김여사 귀찮이즘 육변기 고고싱 개드립 떡실신 초식남 육신여 야설 야노 깜놀 섹파 하악하악 헉헉 먹방 광탈 움짤 은꼴 득템 불금 골뱅이녀 잤잤 흑형 항가항가 헐 헉……ㄱㅅ ㅎㄷㄷ ㅇㅇ ㅋㅋ ㅎㅎ ㅜㅜ ㅊㅊ ㅠㅠ ……)이 어지럽게 떠돌아 다닙니다,
나무인지 풀인지 모르지만 굳이 따지자면 나무는 풀이 아니고 풀은 나무가 아닙니다, 굴러다니는 돌멩이가 있습니다, 돌고 도는 하늘이 있습니다, 굴러다니는 격정의 돌멩이를 알 수 없습니다, 돌고 도는 격정의 하늘을 알 수 없습니다, 모두 지나가는 구름입니다, 헛 헛 헛 헛배가 불러옵니다,'라고 억지로 써본다,

시답잖은/시답지 않은 —밥벌이

어렵게 어렵게 입사했어요, 입사해서 입사를 즐기는데 아리아리 어리어리 아라아라 어라어라,

내 몸인데 내가 만질 수 없어요, 내 몸인데 내가 볼 수 없어요, 내 맘대로 할 수 없어요, 내 몸인데 나도 모르게 달아나요,

어렵게 어렵게 입사했어요, 조금만 더 유연한 몸이라면 스스로 아리아리 어리어리 아라아라 어라어라,

숨이 거칠어져요, 목구멍이 열려요, 눈을 부릅떠요, 시커먼 눈물이 흘러내려요, 마차리*의 민들레가 웃고 있는 1980년 봄이어요,

* 필자가 처음 직장생활을 시작한 광산촌. 전두환이 사북사태가 일단락된 후 사북으로 가기 전 보고를 듣기 위해 들렀던 국내 최초의 탄광으로 영월광업소가 있던 곳.

시답잖은/시답지 않은 ―으응으응

바닷가에 가면 조약돌 한 개를 주워온다, 물 묻으면 반질반질 윤이 나는 돌, 흰 돌이나 검은 돌이나 가리지 않고 한 개 주워온다, 단단하기 그지없는 돌,

개운죽이 푸르다, 으응으응 관음죽도 푸르다,

구피를 기르는 어항 바닥에서 조약돌이 으응으응, 조개껍데기가 으응으응, 어미를 피해 구피 새끼는 돌 틈에서 으응으응 조개껍데기 속에서 으응으응, 어미 주둥이보다 크게 자라면 수면 가까이 떠올라 으응으응 먹이를 찾는다,

시답잖은/시답지 않은 —메일

어제 오늘 비 덕택에 시원합니다

귀한 시집 『당신을 꺼내도 되겠습니까』 잘 받았습니다

당신을 꺼내 같이 놀아도 되겠습니까? 묻지 말고

당신을 꺼낼 수 있다면 좋겠습니다

꺼낼 수 없다면 내가 들어갈 수 있었으면 좋겠습니다

파파피네를 위해

아니 누구를 위한다는 것도 사치

오늘 하루 종일 내리던 비가

어제 하루 종일 내리던 비가

내일 하루 종일 내리던 비가

끝끝내 내리던 비가 끝끝내 내리고

누군가는

당신을 꺼내도 되겠습니까를

심장을 꺼내도 되겠습니까로 읽었다고 웃더군요.

그 또한 아름다운 오독이자

짧고도 과분한 독후감이어서 즐거웠던 적이 있습니다.

변변찮은 시집 읽어주셔서 고맙습니다.

폭염이 한풀 꺾이는 비가 참 반갑고 좋군요.
마치 시처럼 읽히는 선생님 글도 좋구요.

아직 어머니의 유품을 정리하고 있습니다.
그러나 정리할 수 없는 것들이 더 많은 것 같군요.
한동안 좀 힘들 것 같습니다.

건강하세요. 선생님, 글 고맙습니다.

시답잖은/시답지 않은 —세월

오랜만에 뵙는 유안진 선생님은 허리가 아프시다고 이제 늙었다면서 오랜 친구 이승훈이 빨리 몸이 좋아져 볼 수 있으면 좋겠다고, 강원도 사는 최혜리 시인은 모던시 전문지 〈이상〉을 보내주어서 고맙다고 검은 비닐봉지 한가득 더덕을 주면서 집까지 무사히 가져갔으면 좋겠다고, 늘 그랬던 것처럼 어수선하면서도 다정한 술자리, 어떤 시인은 자기 운동화가 없어졌다고 호들갑떨기도 하는데,

지하철은 지하로 지하로 지하를 얻고,

물 한잔 마시면서 공복의 담배를 피우고 조간신문 경제란을 뒤적거리면서 볼일을 보고 출근하고 퇴근하고 외손녀와 잠깐 놀아주다가 남는 시간 TV를 보던가 인터넷 바둑을 두던가 시집이나 잡지를 뒤적이며 남의 시를 엿보던가, 그렇게 그렇게 하루를 보내면서, 사는 게 별거냐 그러려니 하면서 고소하고 짭짭한 스낵을 안주 삼아 몸에 좋다는 약주 한 잔 마시고 잠자리에 들면서, 햇볕 쨍쨍하고 바람도 문자도 없는

오늘 같은 날의 평상심이 도라고 하는데,

세월호은 세월로 세월로 세월을 얻고,

시답잖은/시답지 않은 ―복숭아

내가 좋아하던 진실이는 진실을 밝히지 않고 자살했고 내가 좋아하는 효리는 동물을 사랑하는 사람과 결혼해 제주도로 떠났고 내가 좋아하는 연아와 연재는 연하디 연한 다리를 치켜 올려 우주을 돌리고, 내가 좋아하는 이민하 시인의 시는 외롭고 우울하면서 슬프고 내가 좋아하는 김이듬 시인의 시는 발랄하면서 외롭게 슬프고……,

'처음처럼'을 즐기며, 문득, 하트는 심장이 아니라 엉덩이란 생각이 들어서

(하트는 엉덩이고 엉덩이의 중심은 항문이고 그래서 TV에서 웃으면서 하트 모양을 손으로 날리는 연예인은 당신의 엉덩이를 그리면서 똥이나 먹으라는 말씀을 손가락으로 그려 보내는 것이고 그 손가락을 보면 심장이 펄펄 뛰는 당신은 펄펄 뛰는 심장이 좋아지는 것이고 그래서 하트가 심장모양이라는 것이고 좋아지다 보면 계속 하는 것이고 계속 하다보면…… 섹스는 본능이 아니라 학습된 것이라고 생각해 보는

것인데)

툭, 떨어지는 복숭아, 잘 익은 복숭아,

시답잖은/시답지 않은 —닭

나는 계단을 오르지 않는다, 너는 계단을 오르지 않는다,

'닭 모가지를 비틀어도 새벽은 온다'고 했는데, **사나이의 팔이 달아나고 흰 닭이 구 구 구 잃어버린 목을 좇아 달린다. 오 나를 부르는 깊은 명령의 겨울 지하실에선 더욱 진지하기 위하여 (중략) 이슥고 목이 없는 한 마리 흰 닭이 되어 저렇게 많은 아침 햇빛 속을 뒤우뚱거리며 뛰기 시작한다.***

계단 아래로 흘러내리는 귀를 본다, 먹먹하다, 막막하다, 커다랗고 단단한 시계가 계단 위에 있다,

아직도 나는 계단 아래에 있다, 아직도 너는 계단 아래에 있다, 우리는 계단 아래에 서서 새벽을 기다린다,

모자를 썼다 벗었다 머리를 흔들다 끄덕이다 4월의 그 바다를 지우려고 애쓰지만 머리 잘린 흰 닭은 새벽이 와도 계단을 오르지 못한다,

*이승훈의 시「사물 A」

시답잖은/시답지 않은 —도색

점심을 먹고 아파트 벤치에 앉아 담배를 피우는데 고마고마한 남자아이와 여자아이가 '무궁화꽃이피었습니다' 놀이를 합니다, 여자아이가 '무궁화꽃이피었습니다' 할 때마다 남자아이가 구르고 엎드리고 손짓 발짓 색색의 무궁화가 피어납니다, 노는 모습을 보던 경비원 할아버지가 미소를 지으며 남자아이 곁으로 다가가 (은근히 고추를 만지려는 듯) 손을 내밀었습니다, 무궁화가 화들짝 놀라 달아납니다,
다음날도 점심을 먹고 아파트 벤치에 앉아 담배를 피우는데 경비원 할아버지가 구세주를 만난 것처럼 반기며 증인이 되어달랍니다, 어제 남자아이 아버지가 아이를 성추행을 했다고 온갖 상욕을 하면서 관리사무소로 끌고갔답니다, 그리고 그 자리에서 해고되었고 고소까지 당할지 모른다며 울먹입니다,

도색을 다시 하려고 얼룩얼룩 흰 페인트를 칠해 놓은 아파트 벽으로 장맛비가 스며듭니다,

2부

시답잖은/시답지 않은 —거품

유리 칸막이를 한 샤워실에서 씻는다, 거울을 보면서 씻는다, 세면수건에 비누칠을 하고 씻는다, 얼굴부터 시작해 목 등 배를 거쳐 엉덩이 아래 거기까지 깨끗이 씻는다, 거품을 물고 거품을 내면서 씻는다, 쪼그리고 앉아 발가락 사이를 씻고 턱 밑도 씻는다, 거울을 보면서 씻는다, 샴푸를 듬뿍 미끌미끌 머리를 감는다, 거울이 맞는지 거품이 맞는지 거울 거울 속으로 거품 거품 속으로 사라지는 얼굴, 엉덩이 아래 거기까지 사라지고 빈 몸이 남는다,

유리 칸막이 저쪽에 빈 욕조가 있다,

시답잖은/시답지 않은 —음모

음모하면 '검은'이 따라 붙습니다,

자야 될 때가 되면 자야하고 먹어야 될 때가 되면 먹어야 하고 싸야 할 때가 되면 싸야하는,

보이지 않습니다, 들리지 않습니다, 새벽의 달맞이꽃 향기가 여름을 노랗게 물들이는데 어디로 가셨나요, 이렇게 당신을 찾아 헤매면서 내 20대는 목구멍까지 검은 음모가 지배했습니다, 밀가루막걸리를 마시고 비틀거리기만 했습니다,

해야 할 때가 되면 해야 하는 '하얀' 음모가 몸 구석구석 검게 피어납니다,

그때나 지금이나 당신은 음모입니다,

시답잖은/시답지 않은 —넋두리

외롭다고

걷고 걷고 또 걸어서 끝을 찾아간다,

점점 무거워지는 빈 몸을 바라보면서 외롭다고

아주 오래전 그때 그날의 헛것이 보인다고

(비오는 날의 미술관 꼭대기 층, 흐릿한 하늘머리가 가렵다, 야경은 멀리에서 빛난다, 굴러다니는 돌멩이 같은 잊어버린 야생초 같은 여자가 엎드려 울고 있다, 고문을 쾌락으로 느낄 때가 있다, 고문, 고문의 고통이 빛날 때가 있다,)

한없이 써왔던 문장을 지운다,

시답잖은/시답지 않은 —일여만물

굵은 허벅지가 간다

가는 허벅지가 간다

굵은 발목의 종아리가 간다

가는 발목의 종아리가 간다

밥그릇이 바뀌어도

밥 먹고 설거지 한다,

탱탱한 엉덩이가 간다

헐렁한 엉덩이가 간다

큰 가슴이 간다

늘어진 가슴이 간다

개돼지가 밥을 먹는다

극락왕생이라는 말을 들었다

〈

허우적 허우적

제각각 뛰어간다,

시답잖은/시답지 않은 —오늘도 비

첫, 하고 속삭이면
구절초 하얀 꽃잎이 비에 젖는다,

꽃이 피고 지고
취한 듯 미친 듯
비에 젖은 손님이 유령처럼 온다,

끝, 하고 중얼거리면
명자꽃 붉은 꽃잎이 비에 젖는다,

언젠가는 망하겠지
비에 젖은 지구도 인류도
언젠가는 망하겠지,

그런데,
내일 날씨는 어때?

시답잖은/시답지 않은 —구더기

검은방을 빠져나오려는 한 구더기가 다른 한 구더기를 만난다, 서로 의견이 엇갈려 한 구더기는 벽을 따라 오르다 떨어지고 오르다 떨어지면서 열린 창틈으로 검은 방을 빠져나오고 다른 한 구더기는 방바닥을 헤매면서 기어서 기어서 기어이 열린 문틈으로 검은 방을 빠져나온다,

그것 뿐,

마른 풀에 맺힌 이슬처럼
그렇게 애쓰다 말라 죽는 구더기

북이 울리고
강을 등지고 천년을 돌아누워 자고 있는
돌부처가 그날 그때까지 그것 뿐,

시답잖은/시답지 않은 —한계령

뺀다 뺀다 빼고 빼고 빼서 남는 것을 본다,

연필심을 다듬는다, 한 시간에 한 번씩 하려고 연필심을 다듬는다, 새벽부터 두 번 하고 나니 나른해진다, 아직 열 번은 더 해야 하는데 그래야 편히 잘 수 있는데, 마음을 가다듬고 다시 연필심을 다듬는다, 무뎌지지 않도록 세세히 다듬는다,

양희은의 〈한계령〉을 듣는다, 힘 빼고 부르는 숨소리, '한줄기 바람처럼' '떠도는 바람처럼' 흐르는듯 머무는듯 '오지마라 오지마라' 손짓한다,

(여기가 아득아득 꿈이라 저기가 아득아득 저승이라 했던가) 그래도 이승이 낫다고, 다시 한번 뺀다, 빼고 빼고 빼서 남는 것을 본다,

시답잖은/시답지 않은 —주문

묵주를 돌린다,

……………………………………………………………………

……………………………………………………………………

……………………………………………………………………

항상 그렇듯 처음이

시시하고 끝도 시시하다고 느낄 때 쯤

시시한 하늘 시시한 바람,

……………………………………………………………………

……………………………………………………………………

……………………………………………………………………

입 안 가득 입에 더 익숙한 밥을 붙잡고

묵주를 돌린다,

시답잖은/시답지 않은 —헛되고 헛되니

옆 좌석 사내에게서 달큰한 술 찌꺼기 냄새가 납니다, 달큰달큰 기분 좋은 냄새입니다, 조금 지나니 달큰이 들큰이 됩니다, 들큰이 얼큰이 되고 얼큰이 불큰이 됩니다, 김포한강로를 달리는 광역버스에서 이상한 소리가 납니다, 기사 말로는 라디에이터가 터졌다는데 어찌어찌 김포 풍경마을 정류소까지는 왔습니다,

버스에서 내려 김밥천국 앞을 지나는데 앳된 여자가 "아저씨! 여기가 어딘지 모르겠고 택시비도 없고…" "이런…" 옛날에 여러 번 당했던 일이 떠오릅니다, (스마트폰 시대에 여기가 어딘지 모른다? 꽃뱀인가? 아냐 진짜 모를 수도 있겠지, 그렇게 잠깐 생각하다 지나칩니다,)

하늘 아래에는 새로운 것이 없나니(전도서 1장 9절) 헛되고 헛되며 헛되고 헛되니 모든 것이 헛되도다(전도서 1장 2절)

배가 아프고 몸살이 나는 일요일입니다, 오늘은 하늘을 열어

보고 싶습니다, 헛되고 헛되며 헛되고 헛되지 않은 것이 혹시 하늘을 열어보면 있을지 모르겠습니다,

시답잖은/시답지 않은 —헛개

일주일 내내 몸이 늘어지고 기운이 없어서 보건선생님에게 "마약 같이 반짝하는 약 없어요?" 했더니 음료 헛개를 준다, 2주일 동안 좋아하는 술을 한 번도 마시지도 않았고 잠도 충분히 자고 먹는 것도 변함없이 먹어주는데 맥없이 무너지는 몸, 보건선생님이 건네준 음주 전후 숙취해소용 음료 헛개, 한 병 마신다, 10분 20분 30분 늘어지던 몸이 조금씩 깨어난다, "힘찬 하루 헛개茶 男"은 내가 마신 음료 헛개와 다른 제품 —숙취 헛개로 다스린다는 남성음료(헛개는 간 기능을 개선해주고 알코올을 효과적으로 분해시켜줘 숙취해소에 탁월하며 근육을 풀어주고 피로를 푸는데 효과적이라 만성피로로 시달리는 분들께 좋다고 하는)를 마시고는 헛짓이지 헛짓이지 하면서도 헛개 헛개, 퇴근 무렵 한 병 더 얻어 마신다,

시답잖은/시답지 않은 ─다요

어린이집이 어린이의 집에서 멀리 떨어져 있어요,

선생님이 좋다요, 다섯 밤만 자면 소풍간다요, 할머니가 아이스크림 준다요, 친구하고 놀이터에서 놀았다요, 엄마가 출근하면서 뽀뽀했다요,

어린이집은 스쿨비를 타고 가야해요, 비가 오는 날에는 작은 우산들이 작은 장화들이 줄줄이 새가 되어요,

엄마 노는 날에 수영장 간다요, 다요 다요가 타요*를 타고 통통 날아다녀요,

* 애니메이션 〈꼬마버스 타요〉의 캐릭터

시답잖은/시답지 않은 —AlphaGo

판후이에게 알파고의 수가 어떠냐고 물었더니 처음에는 '잘 모르겠다'고 하더니 10분 지나서 '저렇게 놓을 수도 있겠다'고 하더니 다시 10분 뒤에는 '정말 대단한 수'라고 말을 바꾸었다.* 그는 "마치 벽과 바둑을 두는 것 같았다. 정말 끔찍한 경험이었다."고 회상했다,

(오남구 시인이 살아계시던 2000년 계간 〈시향〉을 창간하면서 나에게 "컴퓨터 프로그램에 시인이 몇몇 단어를 입력하여 훌륭한 한 편의 시가 완성된다면 그 시가 시인이 쓴 시인가 컴퓨터가 쓴 시인가"라고 말한 적이 있다)

몇 달 더 공부한 알파고와 대국을 가진 이세돌은 제 1국 후 "진다고 생각 안했는데 너무 놀랐다"고 '제 2국에서도 대부분 자신이 밀렸다' 고 말했는데 알파고도 그렇게 판단하고 있었다고 한다, 제 4국에서 신의 한수로 이겼다고는 하지만, , , , , ,
〈

하늘을 가린 손바닥, 손가락 사이로 바람이 지난다,

* 이세돌은 알파고와의 승부가 끝나고 혼자서 복기를 했다. 상대가 답을 해 줄 수 없는 복기. '왜?' 라는 질문에 상대는 묵묵부답이다.

시답잖은/시답지 않은 —묘비명

1. 우리 지역과 관계있는 낱말들에 ○표해 봅시다. 여기에 없는 다른 낱말들을 더 적어 넣어도 됩니다.

따뜻한	시끄러운	조용한	아름다운	지루한
안전한	더운	재미있는	지저분한	작은
무뚝뚝한	위험한	추운	높은	평화로운
어두운	활기찬	오염된	다정한	큰

— 초등학교 사회 교과서 4학년 2학기, 두산동아(주), 94쪽에서 인용

2. 나와 관계있는 낱말들에 ×표해 봅시다. 여기에 없는 다른 낱말들을 더 적어 넣어도 됩니다,

외로운, 심심한, 즐기는, 노래하는, 사랑하는, 짜증나는, 찌질한, 불안한, 슬픈, 한심한, 흐릿한, 우는, 떨리는, 짜릿한, 메마른, 우울한, 취한, 비틀거리는, 두려운, 울부짖는, 몽롱한, 초조한, 빠는, 핥는, 조급한, 미친, 침침한, 휘청거리는, 꿈틀거리는, 어두운, 비릿한, 바람인,…………걸,

3. Epitaph 〈King Crimson〉, 8분 38초 동안 숨 막히는, 그럼에도 사는,…………걸,

시답잖은/시답지 않은 —똥

새벽 별을 쳐다보다가 또 자려고 하는데 똥이 마렵습니다. 똥을 누고 다시 하늘을 보니 별들이 사라졌습니다. 거품이 거품을 물고 바다를 밀어내고 있습니다.

똑같은 장소에서 두 번이나 신호위반을 했습니다. 출근길에 한번 퇴근길에 한번. 벌금 통지서 받고 벌점을 받았습니다. 차창을 열고 가래를 뱉습니다. 담배에 불을 붙이고 잘근잘근 씹습니다.

뱃속이 불편했지만 별이 보이지 않고 커피 생각이 납니다. 커피 향을 마시면서 희미한 어둠 속 파도 거품을 만지고 있었습니다. 꿈인가 했습니다.

3부

회의 중

촛불을 본다

한 점 바람 없는데 가물가물 흔들리는 촛불,

> 추워,어제밤에한탕했어,우리애가유치원에서오줌
> 쌌어요,김밥참맛있네요,오늘업무는불조심포스터
> 심사,(그뿐이야그뿐)꿈이뒤숭숭해요,우리반놈들
> 이싸움을해서이가부러졌어,방을빼라는데어디좋
> 은방없어요?3년사귄남자친구와헤어졌어요,(그뿐
> 이야그뿐)커피맛이왜이래,요즘애들너무산만해,
> 욕심부리는거아냐,자기만생각하래요,남편이새벽
> 에들어왔어,미친그런데눈이야?비야?,
>
> — 이낙봉, 「회의」 전문

촛불은 꺼졌는데

여의도는 계속

회의 중,

로그아웃

제6차 촛불집회(2016.12.3.토) 촛불의 선전포고 박근혜 즉각 퇴진의 날

광화문 광장에서 한영애가 부른다, '아—리랑 아—리랑 홀로—아—리랑 아—리랑 고개를 넘어가보—자' 두리둥실 나도 부르고 너도 부르고 '문제 무엇이 문제인가/ 가는 곳도 모르면서 그저 달리고만 있었던거야/ 지고지순했던 우리네 마음이/ 언제부터 진실을 외면해 왔었는지/ 잠자는 하늘님이요 이제 그만 일어나요/ 그 옛날 하늘빛처럼 조율한번 해주세요'* 백칠십만이 떼창을 한다, 저녁 7시 정각 백칠십만의 촛불이 1분간 꺼졌다 켜진다, 광장이 들끓어오르며 '하야

하야하야 하야하여라— 하야하야하야 하야하여라—' 방 빼라고 청와대 11문을 두드린다, 촛불파도가 담장을 넘는다,

겨울 밤안개 속이다, 겨울의 어둠이다, 겨울의 어둠 속 어둠이다, 밤안개 속에서 새벽의 어둠이 흔들린다,

* 한돌 작사 작곡, 한영애 노래 〈조율〉 중

바람소리

서쪽의 돌멩이인가,

점을 그리고 선을 그린다, 막 굴러다니던 돌을 주워와 유리에 놓는다, 철판에 놓는다, 돌이 금 간 유리와 철판과 악수한다, 삶의 공간이 넓다,

만장굴, 인류가 처음 진화하여 돌아다니기 시작할 때쯤 폭발한 불덩어리, 땅의 분노였을까 하늘의 슬픔이었을까, 바다로 향한 머리 검고 차다,

이우환, 선으로부터, 1974, 194cm×259cm, 부분

중심이 없다, 시작이 없고 끝이 없다, 점이 선線이고 선이 선禪이고 선이 선船으로 사막을 항해한다, 사막을 굴

러다니는 구름 흔적이 없다.

— 이낙봉, 「이우환」 전문

하얀바람 검은바람 어지러운 바람, 바람소리는 어디에 두고 왔나,

꿈 밖의 여자

꿈에서 깨어보니 또 꿈 속,

> 꿈을 꾸는지 아는데요, 꿈에서 또 꿈을 꾸는데요, 꿈의 꿈속에서 울고 있는 여자가 보여요, 그 여자를 보는 꿈의 꿈속 나를 바라보는 꿈속의 내가 또 보이는데요, 꿈의 꿈속의 꿈속 내가, 꿈의 꿈속 내가, 꿈의 내가, 꿈을 꾸는지 아는 내가, 울고 있는 여자를 동시에 느끼는 거예요, 꿈의 꿈속의 꿈속 나는 우울하고, 꿈의 꿈속 나는 불안하고, 그것을 보고 있는 꿈속 나는 초조하고, 꿈을 꾸는 것을 아는 나는 아무런 느낌이 없어요, 꿈의 꿈속에서 울고 있는 여자가 서서히 죽어간다는 것을 알고 있지만, 꿈밖의 나는 서성거리며 늙도록 꿈속 여자만 보고 있어요,
>
> — 이낙봉, 「꿈밖의 나」 전문

꿈 속 꿈에서 깨어나니 또 꿈의

꿈 속, 깨어나니 또 꿈의 꿈 속……

허둥지둥 벽을 기어오르려는 나를

보고 있는 꿈밖의 여자,

절벽

꽃이보이지않는다. 꽃이향기롭다. 향기가만개한다. 나는거기묘혈을판다. 묘혈도보이지않는다. 보이지않는묘혈속에나는들어앉는다. 나는눕는다. 또꽃이향기롭다. 꽃은보이지않는다. 향기가만개한다. 나는잊어버리고재차거기묘혈을판다. 묘혈은보이지않는다. 보이지않는묘혈로나는꽃을깜빡잊어비리고들어간다. 나는정말눕는다. 아아, 꽃이또향기롭다,. 보이지도않는꽃이—보이지도않는꽃이.

— 이상 「절벽」 전문

「절벽」은
'죽고싶은마음이칼을찾는' 「침몰」의 마음이고 '여자가올라가는계단은한층한층이새로운' 세계이고, '여자는발광하는 파도'가 되고 '여자의피부는벗기고벗긴피부는…참서늘한 풍경' 「광녀의 고백」이고,

여기나 저기나 거기 묘혈을 파보면 하나 속에 모든 것이 있다는 생각으로, 나도 한번 면벽한 선사처럼 목숨 걸고 꽃을

찾아보고 싶은 마음인데,

꽃이 보이지 않는다,

꽃이 향기롭다,

문

비상구를 찾는다,

산목숨도 오십년쯤 지나면 상하는지 배설물 냄새 점점 독해집니다.

화두를 잡으라고 합니다. 실없이 구절초를 화두로 잡아봅니다.

주검의 집도 삼십년쯤 지나면 무너지는지 묘비의 '原州李公東潤之墓'에서 '墓'자가 땅속으로 가라앉았습니다.

6층 여자는 오늘도 훌라후프를 돌립니다. 빙글빙글 잘도 돕니다. 여자는 허리가 화두인 모양입니다.

돌부처도 천년쯤 지나면 다시 태어나고 싶지 않은지 형체를 지우고 있습니다.

난을 봅니다. 난 속 구절초를 봅니다. 구절초 속 겨울을 봅니다. 언 강이 흐르고 있습니다.

— 이낙봉, 「화두」 전문

〈

모두 문이어서

열 수도 닫을 수도 없는 문,

헛짓

내 시집 『폭설』에서 시인의 말을 아래와 같이 썼다

> 먹는 일에서 아침이 오고 먹는 일에서 죽음이 온다.
> 하늘은 눈부시게 푸르다가 막막하게 어둡다.
> 한라산 눈 잔잔하고 마라도 바람 어지러운데
> 겨울까마귀는 나무에서 허공으로 허공에서 눈밭으로
> 중얼중얼 중얼거리며 날아다닌다.
>
> 시는 거울이 되었다가 혁명이 되었다가
> 처용이 되기도 개미가 되기도 하는데
> 이놈 봐라 나는 그저 헛짓, 헛짓, 헛짓,

그리하여, 폭설이 그친 지금 시답잖은/시답지 않은 글을 아래와 같이 쓴다

> 오른손잡이가 의자에 앉을 때마다 왼다리를 꼬고 잘 때는 우측으로 누워 왼다리를 모로 놓고 자는 버릇이 있는데, 사실 겉으로는 좌측인척 큰 소리를 치면서 내심 우측을 옹호하는지 가끔, 오른쪽 골반 위 허리가 아

파 쩔쩔맬 때가 있다.

문수산성 입구에서 강화 민물장어보다 만원 비싼 갯벌
장어를 먹는데 장어 만鰻자를 풀어놓은 魚日四又가 시
선을 끈다. '장어를 먹으면 하루에 4번? 또 한번?' 민물
장어보다 쫀득쫀득한 맛이 일품이라 배불리 먹고 문수
산을 오르는데 솔방울 많이 달린 소나무가 지천이다.

지금까지도 그랬고 앞으로도 그럴 것이지만 부귀영화
를 누리겠다는 것도 아니고 놀고먹겠다는 것도 아니고
그저 소주를 즐겨 마셔왔던 것처럼 살아가겠다는 것인
데 오른쪽 어깨가 여전히 무겁고 아프다.

— 이낙봉, 「시답잖은/시답지 않은 —잡소리」 전문

아무렴 어떤가, 『폭설』이 헛짓이고 「시답잖은 시답지 않은」
도 헛짓인걸.

건강기능식품

중앙일간지의 전면 광고를 이용한

의사의처방없이남성사이즈증가제품/성적기능의전반적인 개선및향상효과/성적호르몬증가로젊음과강한성적욕망증가/강하고충만한자신감 증가로조루예방/생식기에혈류량증가로발기력및사이즈증가효과/정액량의증가와강한정자생성/심장혈관의원활한혈액순환으로스테미너와성적증력증가/새벽의발기횟수증가및발기력향상/사정후지속적인발기유지및강한관계개선/파워풀한활력으로신체상태최적의균형유지

캐나다 모사에서 개발 생산되어
크고 딴딴하고 더 오래 지속하고자 하는
스테미너와 사랑의 능력을 향상시키고자 하는
환희와 기쁨을 선물해 주고자 하는
당신이 꿈꾸어왔던 모습과 느낌보다 더 더욱 딴딴하고 강하며 돌같이 견고하게 되는 전세계 50개국 남성들을 감동시킨

최적의 균형을 이룬 ×××××,

전면적인 치정 권유,

호텔 캘리포니아

커다란 개가 아주 커다란 개가 난간에서 침을 흘리는데,

사막의 까아만 고속도로를 달리는 내 머릿결에 바람이 스치고 ~캘리포니아 호텔에 잘 오셨어요. 여기는 아름답고 묵을 방도 많이 있지요.수 있어요. On a dark desert highway, cool wind in my hair ~ Wecome to the Hotel California. Such a lovely place plenty of room at the Hotel California. Anytime of year, you can fine it here.

— Eagles. Hotel California 부분

커다란 개가 아주 커다란 검은 개가 고양이를 좇는지 방울소리 들리는데, 커다란 개가 아주 커다란 검은 개가 캘리포니아에서 파리에서 도쿄에서 서울에서 방울 소리 방울 소리 천지사방 방울 소리 들리는데 꽃은 도대체 어디 피어있을까,

상상하는 대로

거실에서 욕실에서 계단에서 난간에서 기타를 치면서 울고 싶을 때가 있어,

거실로 기차 타고 가자/ 부엌으로 기차 타고 가자/ 공부방으로 기차 타고 가자// 보이는 대로 들리는 대로 상상하는 대로/

— 김창완 「기타로 오토바이를 타자」 부분

굿판이 벌어진 2층 골목길 卍, 둥둥둥 깨갱갱, 卍 옆 PC방 안마방 옆 골목길 막다른 골목길 기차가 기타를 치는 기차가 기차게 기타를 치면서 떡볶이집을 지나 유모차를 끌며 폐지 줍는 할머니를 지나 세탁소 옆 순복음교회를 지나 빠르게 욕실로 빠져나가는 기차가 기타가 상상하는 대로,

식탁에서 소파에서 책상에서 침대에서 오토바이를 타고 사과를 먹고 싶을 때가 있어,

아차산역

더 나갈 곳도 없이
멀어서, 멀리 있어서 돌아 돌아 돌아 온
아차산역,

내 주를 가까이 하게 함은, 맹인지팡이가 구걸하는 플라스틱 바구니는 푸른색, **십자가 짐 같은 고생이나**, 백 원짜리 동전 세 개는 흰색, **내 일생 소원은 늘 찬송하면서**, 굽은 등에 매달린 낡은 배낭은 회색, **주께 더 나가기 원합니다**, 붕대 감긴 팔에 걸려 나오는 중저음, 더 더 더, 나가기 원하는지 저 아래 강물은 흐르고,

쿵,

헝클어진 머리카락 쓸어 올리면서
힐끗힐끗 주위를 살피면서,

되돌아 갈 곳도 없이

멀어서, 멀리 있어서 돌아 돌아 돌아 온

아차산역,

별 일 없이

이상의 ▽을 본다,

하늘 구름 침대 의자 연필

숨 막힐 듯 숨 막힌 듯
꽃 피고 바람 부는 날

> 니가 들으면 십중팔구 불쾌해질 얘기를 들려주마
> 오늘 밤 절대로 두 다리 쭉 뻗고 잠들진 못할거다
> 그게 뭐냐면
> 나는 별일 없이 산다 뭐 별다른 걱정 없다
> 나는 별일 없이 산다 이렇다 할 고민 없다
>
> — 장기하, 「별일 없이 산다」 부분

열린 활짝 벌어진
꽃, 이상의 ▽,

바닥에 납작 엎드린

당신은 ▽를 그리고

나는 밥을 먹으며

별일 없이 산다,

타타타*

내가 나를 모르는데 넌들 나를 알겠느냐
한치 앞도
모두 몰라 다 안다면 재미없지
바람이 부는 날엔
바람으로 비 오면 비에 젖어 사는 거지
그런 거지
음~~~ 어허허~

— 김국환, 「타타타」 부분

활활 타오르는 장작더미를 뒤적이며 지새운 새벽의 붉은 사막, 모래는 바람이고 바람은 선인장이고 선인장은 전갈이고 사막여우인데 그 귀여운 사막여우는 여어, 어디 숨어있어 보이지 않는가?

* 타타타tathata : 眞如(있는 그대로의 것)의 산스크리스트어

빗방울

오냐오냐 그래그래 끄덕이면서,

Dionys Moser, South Algeria

지하서울역을 빠져나오면서 덜그럭 덜그럭

일제히 전등이 켜지고 고개 숙인

스마트 스마트 스마트,

그래그래 오냐오냐 끄덕이면서,

한강철교로 떨어지는

빗방울 하나 빗방울 둘,

발끝 아래

국 한 술 뜨고 밥 한 술 뜨다가
밥 한 술 뜨고 국 한 술 뜨다가
국 밥 국 국 밥 국 한 술 뜨다가
물 한 잔 마시고 술 한 잔 마시고

발끝 아래 저 길 계곡으로 향하는 저 길,

음식물쓰레기봉투 라고 쓰다가 음식물 쓰레기 봉투 라고 쓰다가 커피 한 잔 마시고, 음식물쓰레기봉투가터져음식물쓰레기가쏟아진다라고 붙여 쓰다가 음식물 쓰레기 봉투가 터져 음식물 쓰레기가 쏟아진다 라고 고쳐 쓰다가, 아무렴 어떤가? 절벽 끝에 머문 발가락,

공복의 위

위내시경을 하는데 공복의 위는 소리 없이 찍히고, 몇 군데 염증 뿐 아무 이상 없다는 진단,

컴퓨터 책상 책꽂이에 꽂혀있는 이상 전집, 서양 미술사 100장면(최승규), 프로이트와 영화를 본다면(김상준), 정신분석 시론(이승훈), 반야심경 강론(宋醉玄), 화성에서 온 남자 금성에서 온 여자(존그레이)를 일별하다가

보이는 대로 시집제목을 늘어놓으니,

지평선에 서서/ 아나키스트/ 그녀가 처음 느끼기 시작했다/ 내 혀가 입 속에 갇혀 있길 거부한다면/ 세기말 블루스/ 바다 속의 흰머리뫼/ 뽈랑 공원/ 질 나쁜 연애/ 미안해 서정아/……

통증의 흐름이 자폐적인 공복의 위,

4부

불이

불이 타오른다,

불이 불로 웃고 불로 울고
불이 불과 어울려 불이 되고

어제 이모가 죽고
오늘 손녀가 태어나고

마른번개 치는 날

입볼 가득
목구멍 가득

가득 가득
타오르는 불이,

30세기

TV모니터를 전시하고
달항아리를 전시하고,

"30세기에는 무슨 일이 벌어질까?"*

쓸쓸한 여자가 외로운 여자가 거울도 안보는 여자가
끝도 없이 말해졌고 말해지고 말해질 여자가

30세기에도
TV모니터를 전시하고
달항아리를 전시할까 몰라,

장미가 피고
국화가 피고

까마귀소리
개소리

30세기에도 들릴까 몰라,

*백남준이 강익중에게 1994년 휘트니미술관 2인전 후 한 말
—조선일보 2011.7.21. A24면

붉은 달

광화문에 촛불이 켜지고
"늑대가 나타났어요, 늑대가 나타났어요,"

짧은 털을 고르고 핥으며

비닐봉지가 되었다가
빵부스러기가 되었다가

했나 안했나
다시 해야 하나 안해야 하나

우울한가? 불안한가?
배고픈가?

흐린 날의
붉은 달덩이,

밥

입이 사라진다

손이 사라진다

가슴이 사라진다

무거운 몸뚱이가

감기는 눈이 아프다

아버지가 사라지고

어머니가 사라지고

하늘의 벌레가

목

조른다,

멍멍

하늘이 멍멍 땅이 멍멍
바람이 멍멍 구름이 멍멍

침대가 멍멍 베개가 멍멍
책상이 멍멍 의자가 멍멍
모니터가 멍멍 천정이 멍멍
전등이 멍멍 다리가 멍멍

들어갈 때도 멍멍 나갈 때도 멍멍
빨아 먹어도 멍멍 핥아 먹어도 멍멍
잘근잘근 씹어 먹어도 멍멍 어서 죽으라고 멍멍
빌어먹어도 멍멍 등쳐먹어도 멍멍

화장실이 멍멍 뒤숭숭한 변기가 멍멍
떨어지는 똥덩어리가 멍멍

멍멍한 여의도가 멍멍

멍멍한 광화문이 멍멍,

올가미

검은 고양이나 흰 고양이나 쥐새끼 잡아먹고,

죽은 부처가 있고
죽은 예수가 있고

여름이 가고 겨울이 가고

오른쪽 날개가 있는데 왼쪽 날개가 없고
왼쪽 날개가 있는데 오른쪽 날개가 없고
두 날개가 있는 것 같은데 없고
없는 것 같은데 있으면서 없는

커피를 마시려다가 잠시 기절한 주방에서
허기,로 죽은 아버지가 떠오르고

검은 고양이나 흰 고양이나 쥐새끼 잡아먹는
그 날 그 날이 간다,

맛

진보냐 보수냐
살맛 따라 쩍쩍 잘도 갈라서는 것인데,

장맛도 장맛이지만 장맛이 입맛이고 입맛이 살맛이라 날것의 생살 초장 찍어 맛이나 한번 보자는 것인데 맛이나 한번 보지만 말고 보지만 말고 독특한 맛을 음미하라는 것인데 혀끝의 놀림에 따라 다른 미묘한 살맛의 차이를 느끼라는 것인데 그 느낌의 차이에 따라 머리고기가 되었다가 엉덩이 살이 되었다가 살맛 따라 갈라지는 것인데,

변기 앞 얼룩진 거울 앞에서
장맛 따라 입맛 따라,

Come on baby,
Come on baby,

말

파도를 타고
있었는데, 끝없이 밀려오는 거품을 마시고
있었는데, 서서히 지는 해를 보고
있었는데,

어쩌다 이 미친 꽃,

먼저 쓸려가는 모래가
있었는데, 그것보다 먼저 날아가는 가창오리들이
있었는데, 그것보다 먼저 떨어지는 모자가
있었는데,

헐떡거리며 하늘 위를 달리는 말,

연관검색어

반 짝 반 짝 야한 햇살 때문에 먼지 때문에 '야한'을 치니, '야한여자가 좋다' '야한여자와야한남자' '야한토끼들의휴일' '야한우리연애' '야한늑대' '야한무비' '야한여자무비'가 줄줄이 쏟아져나오는데 '야한여자와야한남자'의 연관검색어 '여자엉덩이노출사진' '섹시한여자동영상' '섹시한여자사진' '여자가슴확대' '폭시야한여자무비'가 '야한여자와야한남자'는 성인인증인증인증을 해야하고, 반 짝 반 짝 야한 햇살의 방에서 '야한여자와야한남자'를 클릭하는 순간 혼란스럽게 빤 짝 빤 짝 빛나는 야한 햇살 야한 먼지,

망상

망상망상망상, 해파리 초파리 쉬파리 파리 파리 파리 파리들이 날아다니고 오징어 해삼 멍게 모래 모래 모래 모래들이 달라붙고 불가사리 날아다니고, 망상망상망상, 민박집에서 잘 때 다리 많은 벌레들이 벽을 천정을 방바닥을 기어다니며 발가벗은 몸 물어뜯어 소름이 돋는데, 망상망상망상, 날카로운 듯 애처로운 듯 거친 파도소리 들리는 망상해변의 밤, 달그림자가 어지럽게 떠돌아다니는 망상의 밤, 망상망상망상, 망상의 골목길이 돌아눕는데 망상의 개가 달아나는데, 망상의 새가 날아다니는 망상해변 백사장의 모래는 늘 젖었다 말랐다 젖었다 말랐다 바닷바람 봄바람,

길고양이

눈 감고 있으나
눈 뜨고 있으나

오른쪽 발톱 내밀고
왼쪽 발톱
숨긴
왼쪽 발톱 내밀고
오른쪽 발톱
숨긴

탑골공원 뒷골목에서 만난
목 달아난 부처,

밑도 끝도 없이

앞인 줄 알았다, 앞인 줄 알고 고개 빳빳이 들고 앞으로 갔다, 앞으로 가면서 앞이 아니라는 것을 의심하지 않았다, 구렁을 만나도 앞으로 가는 것으로 알고 앞으로 갔다,

아버지의 아들과 새어머니의 딸, 아버지와 딸 어머니와 아들, 이모와 조카, 아버지와 아내, 동성애자와 트랜스젠더도 모두 좋아 좋아 같이 살아가는 거야,

가다 보니 밑도 끝도 없이 옆도 보이고 뒤도 보이고 밑도 보여, 검은 수탉의 희번뜩거리는 눈알도 보이고, 앞인 줄 알았던 것이 뒤라는 것도 거꾸로 라는 것도 보이고, 밑도 끝도 없이 구름처럼 흐르는 물처럼 다 잘 살고 있는 거야,

숲

넘어서, 가로질러서, 꿰뚫고, 지나서, 도착,한, 완전히 다른 몸 속에서 독 오른 뱀이 나무 등걸을 감아 오르는, 안개 덮인 숲에서 손을 뻗어 붙잡으면 미끄러지는, 절벽에서 어머니 얼굴이 아버지 얼굴로 보이면서 쥐를 잡아먹으며 뜨거운 피를 흘리는데, 어머니가 뱀이 되었다가 쥐가 되었다가 아버지가 되었다가, 우거진 숲 폭포수 밑에서 기도하는 어머니, 넘어서, 가로질러서, 꿰뚫고, 지나서, 도착,한,

환상

팔과 다리가 늘어나고 쥐가 개로 마을버스가 손목시계로 바닷물이 소주로 목이 늘어나고,

한 마리 개가 떼거리의 개가 달려들고 한 마리 새가 떼거리의 새가 달려들고, 다시 하얀방에는 시들은 꽃잎이 망상망상 떨어지고 쭈글쭈글한 벌레가 차가운 방바닥을 차가운 벽을 차가운 천정을 기어 다니고, 이것들이 발가벗은 몸을 망상망상 물어뜯기 시작하는데 소름이 돋기 시작하는데 피가 솟구치기 시작하는데,

가쁜 숨소린지 우는 소린지 중얼거림인지 골목길이 들어와 옆에 눕고 전봇대 그림자가 일어서서 달려들고,

5부

코끼리 맴맴

성접대 의혹, 집단 관음증이 키웠다
등장인물 : 사업가, 사회 고위층, 사업가의 내연녀, 접대 여성 등
장소 : 강원도의 외딴 호화 별장
스토리 : 업자가 공사 수주 등 이익을 위해 유력 인사를 성접대 했다는 의혹
— 중앙일보, 2013년 4월 1일 자 8면 기사

를 보면서 코끼리를 찾아가는데, 마이크를 돌리면서 '그저 바라만 보고 있지 그저 눈치만 보고 있지 늘 속삭이면서도'* 알면서 모르는 척 눈 감아주면서 야구방망이를 흔드는데 날라가는 야구공은 보이지 않고 하늘 높이 달아가는 야구방망이, 모자가 떠다니고 고함을 지르면서 코끼리를 찾아가는데, 하늘이 사라지고 동굴이 사라지고 사라진 자리에서 거대한 나무뿌리가 자라고 불비가 내리는데, 학교 선배는 술이나 마시면서 놀자고, 놀면서 코끼리 코를 만지면서 코끼리 맴맴을 하면서 자정 넘기는 여의도 한량들,

* 나미의 노래 「빙글빙글」에서 따옴

안치환을 듣다가

복숭아를 따 먹으려는데,

> 울지마라./ 외로우니까 사람이다./ 살아간다는 것은 외로움을 견디는 일이다./ 공연히 오지 않는 전화를 기다리지 마라.
>
> — 정호승 「수선화에게」 부분

'그대'를 넣고

'이다'를 빼고 숨을 불어넣어

> 그대 울지마라 / 외로우니까 사람이다/ 살아간다는 것은/ 외로움을 견디는 일/ 공연히 오지 않는/ 전화를 기다리지/ 마라
>
> — 안치환 「수선화에게」 부분

시를 노래하는 안치환(강변역에서, 그대만을 위한 노래, 내가 만일, 소금인형, 타는 목마름으로, 13년만의 고백, 거꾸로 강을 거슬러, 고향집에서, 물 속 반딧불이 정원, 사람은 꽃보다 아름다워, 우리가 어느 별에서, 자유)을 듣다가, 서로 입

맛 다르듯 육즙 다른 말들이 날뛰는 무모의 언덕에서 털 없는 복숭아를 따먹으려는데, 목구멍에 걸린 가시 내려갈 줄 모르고 깊은 골 깊은 물이 넘치는 땅,

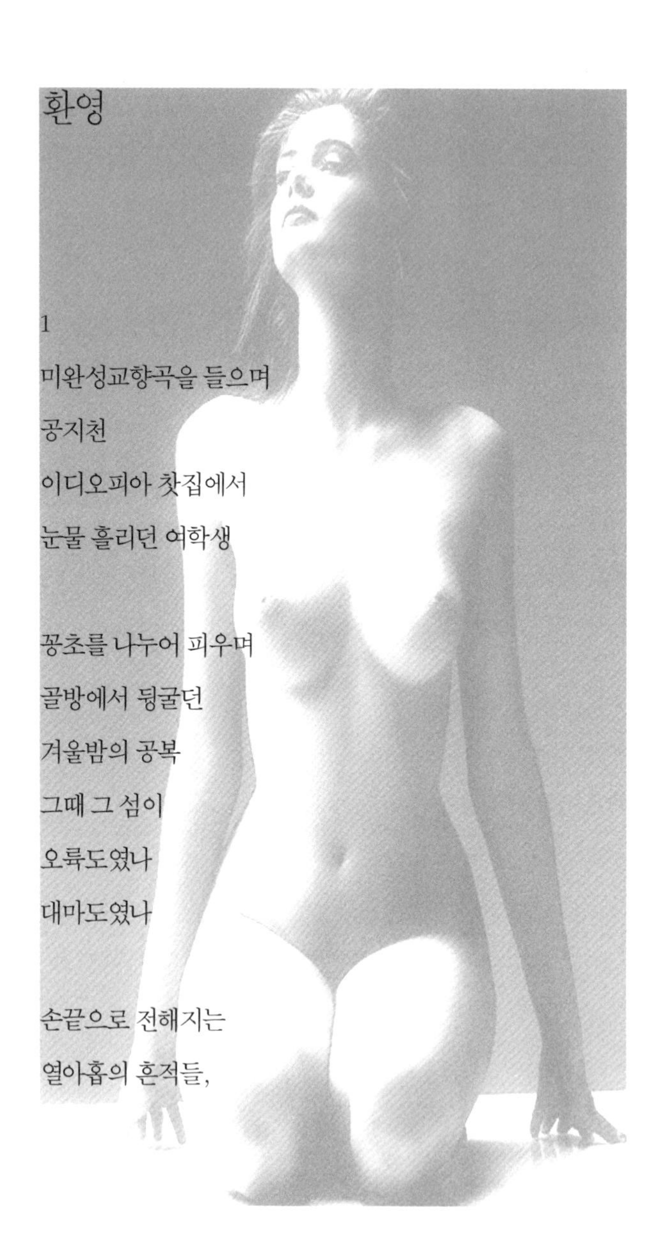

환영

1

미완성교향곡을 들으며

공지천

이디오피아 찻집에서

눈물 흘리던 여학생

꽁초를 나누어 피우며

골방에서 뒹굴던

겨울밤의 공복

그때 그 섬이

오륙도였나

대마도였나

손끝으로 전해지는

열아홉의 흔적들,

2

나무이고 뿌리이고 바람이고 물이어서 허공에서 지하에서 몸부림치며 놀다보면 어느새 밤이고 어느새 새벽이고, 이 땅에 살면서 지워지지 않는 상처가 있다면 환영인가 거울 속으로 사라진 출렁거리는 너의 그림자,

3.

춘천 공동묘지에 있는 아버지 무덤을 이장하라는 통지서를 받았다, 아버지 무덤 속을 파헤쳐 남아있는 몇 개의 뼛조각을 수습하여 화장하여 달항아리에 담았다, 그리고 공원묘지의 작은 상자 속에 넣어두고 산을 내려오던 5월, 아랫배가 깨어질 듯 부푼 임산부가 머리칼을 쓸어 올리며 힘겹게 공원묘지를 올라오는데, 알 듯 모를 듯 일그러진 얼굴이 어디선가 본 듯한 얼굴이다,

우울

1

소낙비를 맞으며 나뭇잎 흔들리는 것을 보면서 어제 노래방 화재로 9명의 남녀가 뒤엉켜 죽었다는, 프랑스 대선 17년 만에 좌파가 승리했다는,

십대들의 살인 사건, 미래저축행장이 200억 빼돌리고 밀항을 시도하다 잡혔다는,

내일의 날씨는 화창하다고 하는데,

2

인사동 골목에서 조계사 앞뜰에서 광화문 광장에서 굴러다니는 돌멩이는 안녕하신지, 이리 저리 굴러다니는 날아다니는 검은 비닐 봉투는 안녕하신지, 납골당의 아버지 뼛가루는 안녕하신지, 순간 순간의 나는 안녕하신지,

아이스바를 빨아 먹으면서 치솟는 분수를 보면서 걷고 걸어

도 채워지지 않는 만보기,

3

막막한 하늘 너머에서 하느님은 알고 있을까, 여자는 목젖 어깨
와 등 핏대 손 힘줄 날카로운 콧날과 턱선 올린 머리 굵은 허벅지에 삐딱한 카리스마가 좋다는데, 남자는 가슴과 엉덩이 그리고 다리의 선이 좋다고 하는 이 시대를 살면서, 퍼즐게임에 중독되면서, 조각조각 난 사물이 뒤섞여 좋다고 먹고 찢고 죽고 죽이는 이 땅에서의 일, 하느님은 과연 알고 있을까, 궁금하긴 한데 에라 모르겠다는 이 기분은 어디서 오는 건지,

4

무너지는 몸이 있고 벽에 머리 박는 몸이 있고 눈물 글썽이는 몸이 있고, 비가 오면 좋겠다, 바람이 불면 좋겠다, 걸어가다 보면 만나는 사람이 있었으면 좋겠다,

나르시시즘

'나도 어디서 꿀리진 않아. 아직 쓸 만한 걸. 죽지 않았어.'

— G-드래곤, '하트브레이커 · Heartbreaker'

'날 보는 사람들의 시선이 싫진 않아, 나는 예쁘니까.'

— 씨야 '여성시대'

'너보다 잘록한 허리 쫙 빠진 매끈한 다리, 머리부터 발끝까지 난 항상 핫 이슈'

— 포미닛 '핫이슈'

'스키니한 바디라인과 눈부신 내 미소, pretty sweety sexy, 모두 바라보는 난 스타'

— 레인보우 '가십걸'

'잘빠진 다리와 외모 너는 내게 반하지, 내 앞에선 네 모든 게 무너지고 말 걸'

— 애프터스쿨 'AH'

매운떡볶이가 좋아 치즈떡볶이가 좋아

카레떡볶이는 어때?

그냥,

거울 속에 푹 빠져 죽고 살아,

바비인형

초겨울 오후 SpeedMate에서 엔진오일을 갈고 브레이크오일도 갈고 부동액은 어떤지 점검하는데,

"사장님! 최고의 서비스로 보답하겠습니다."

자판기커피를 마시며 대기실에서 점검을 기다리는데 눈에 확 들어오는 일간지 전면광고,

깜짝! 남한강 조망의 초특급 프리미엄! 강과 계곡이 함께하는 '퇴촌 토지' 최저가 특별분양!, '씨알—엑스' 전반적인 성적 향상 및 증가 무럭무럭 자라나는 남성 이 모든 게 불과 3일 후,

"오빠! 최고의 서비스로 보답하겠습니다."

엔진오일도 갈고 브레이크오일도 갈고 부동액은 괜찮다고 하여 그대로 초겨울 속으로 나가려는데 플라타너스 방울 방울 흔들리는 나무 밑에서 사장님! 오빠!를 끊임없이 부르며 인사하는 바비 인형,

밤배

검게 썩은 사과 하나

굴러다니는

언저리 저 언저리

검은빛 바다 위를 밤배 저 밤배 무섭지도 않은가봐 한없이 흘러가네 밤하늘 잔별들이 아롱져 비칠때면 작은 노를 저어 저어 은하수 건너가네 끝없이 끝없이 자꾸만 가면 어디서 어디서 잠들텐가 음~~ 볼 사람 찾는 이 없는 조그만 밤배야

— 둘 다섯, 「밤배」 전문

에 밤배가 남기고 간 박인환 시집 (『木馬와 淑女』, 槿域書齊, 1976) 맨 뒷장 여백에 남겨놓은 그림이 바탕이고, 시집 중간 여백에 적어놓은 글(죽음의 실험실에서 실험재료가 부족하다 책임없는 sex의 부산물 돌연변이는 너무 허다하다 혹사당하는 실험실)을 싣고 동해로 떠나고,

누워도 엎드려도 언저리 언저리,

소녀시대

숨을 못 쉬겠어 떨리는 Girl/ Gee Gee Gee Gee Baby Baby Baby/ Gee Gee Gee Gee Baby Baby Baby/ oh 너무 부끄러워 쳐다볼 수 없어/

— 소녀시대, 「Gee」 부분

스치면서 G G G G
떨리는 걸 G G G G

오빠 오빠 이대로는 No! No! No! No! /Tell me, boy, boy. Love it? it, it, it, it, it, it, Ah! /Oh! Oh! Oh! 오빠를 사랑해 Ah! Ah! Ah! Ah! 많이 많이 해/

— 소녀시대, 「Oh!」 부분

흔들면서 G G G G
들며나며 G G G G,

아비게일

백도 흑도 원숭이도
하나 둘은 물론 셋 넷 다섯도
크거나 작거나 상냥하게,

하이야한 피이부 가녀어린 모옴매 규우운혀형 자압힌 코오 가아느은 이입수울 휘이는 허어리

더러운? 더러운? 푸른 하늘 푸른 바다 푸른 숲에 더러운? 더러운? 반짝반짝 하늘이 빛나고 반짝반짝 바다가 빛나고 반짝반짝 새가 날아다니고 반짝반짝 구름이 지나가는 길목에서 더러운? 더러운? 거친 파도를 타며 출렁출렁 가벼워지는 몸,

개 같은 날
개 같이 엎드려
개소리를 들으면
축축하고 서늘하게 젖는
개 같은 땅울림,

소

구겨진 신문 보듯

찢어진 신문 보듯

낡은 옷처럼

오래된 책처럼

죽기 전에

가볍게

가볍게

강물 흐르듯,

산문

횡설수설

담배연기가 연기演技, 緣起,延期로 사라진다. 연기가 벽 틈으로 유리창 틈으로 사라지고 허공으로 사라지고 몸속으로 사라지고 살아진다. 〈살아진다〉가 〈사라진다〉이고 〈사라진다〉가 〈살아진다〉이고 삶이 연기다. 그렇게 삶은 연기고 환영이고 환상이고 그림자이고 구름이고 바람이고 허깨비이고 헛것으로 사라진다.

뒤샹은 캔버스 대신 유리를 사용하여 작품을 제작한다. 그리고 '일반적인 의미에서 모든 미학에 대한 단념이고 그 위에 새로운 회화 선언을 하지 않는 일'이라고 하면서 그림의

내용과 별로 관계가 없는 제목을 붙인다.

그는 〈계단을 내려오는 나체〉란 그림에 대해 '나는 계단을 내려오는 나체를 그리지 않았다'고 말한다. 그림은 제목 덕분인지 더 잘 팔리고, 아무튼 뒤샹은 현실에 툭 화두를 던지듯 제목을 붙인다. 폴록은 '**나는 그림 속에 있을 수 있다.** 내가 그림 속에 있을 때 나는 무엇을 하는지 거의 알 수 없다. 나는 순간순간마다 벌어지는 이미지의 파괴를 두려워하지 않는다.'고 하면서 화가 자신의 행위가 곧 회화가 된다. 케이지의 대표작 〈4′ 33″〉는 처음부터 끝까지 음이 없다. 관객들의 웅성웅성 거리는 소리 즉 '**떠도는 소리**'가 〈4′ 33″〉의 전부이자 실체이다. 지휘자나 연주자는 무지휘 무연주이다. 음악의 생명인 음을 제거해 버린다.

산발한 여자가 지저분한 여자가 어디서 많이 본 듯한 여자(어머니 같기도 하고 아내 같기고 하고 첫사랑의 여자 같기도 한)가 머리를 감고 샤워를 해야겠다며 옷을 훌렁훌렁 벗는다. 알몸이 된 여자가 머리를 감겨달라고 몸을 구석구석 씻겨달라고 조른다. 황급히 머리를 감겨주고 몸을 씻기는데 어머니가 들어오신다. 여자는 알몸으로 웃으면서 공손하게 인사를 한다. 어머니는 웃으면서 화장실로 들어가신다. 화장실에는 긴 머리카락이 흐트러져있고 여자는 계속 알몸으로 돌아다닌다. 안방에서 아내가 나온다. 여자는 아내에게도 웃으면서 공손하게 인사를 한다. 아내는 밥을 먹고 돌아다니라고 하면서 밥상을 차린다.

여의도 증권가 거리를 걷는데 갑자기 하늘에서 굉음이 울린다. 두 대의 헬기가 전투를 한다. 잠시 후 한 대의 헬기가 의사당 쪽으로 도망가고 나머지 한 대가 폭탄을 떨어뜨린다. 여의도 광장 이곳 저곳이 화염에 쌓인다. 폭탄이 떨어지고 난리가 났으니 빨리 피난가야 한다고 서두러 짐을 싸는데 어머니는 폭탄이 떨어질 만하니까 떨어지는 것이라고 태연하시다. 여의도가 갈라져 무너지고 한강물이 범람한다.

시인도 엉뚱한 제목을 붙이고 시에 들어가서 시를 쓰고 시에서 언어를 제거한다면,(박정대의 시집 『사랑과 열병의 화학적 근원』, 2007년, 뿔. 서시 「처음이자 마지막인 백야」가 제목만 있는 시다.) 시인이 무작위로 단어 몇 개를 컴퓨터에 입력하면 시쓰는 프로그램이 적당히 알아서 시를 출력한다면, 시쓰기가 무작위의 단어 몇 개를 생각 없이 나열하는 일이라면.

바닷가 백사장을 천천히 걷다가 넘어진다. 넘어질 일도 아닌데 넘어지고 무릎 깨질 일도 아닌데 무릎이 깨지고 피가 날 일도 아닌데 피가 난다. 택시를 탔는데 아내와 딸이 있다. 피 나는 무릎을 감추는데 코피가 난다. 손등으로 코피를 막으면서 휴지를 찾는데 휴지가 없다. 코피는 멈추질 않고 목구멍으로 넘어가고 급기야 토하고 어떻게 할 수가 없어 가까운 병원으로 가자고 말하는 순간 택시가 사라지고 아내가 사라지고 딸이 사라지고 홀로 남은 나는 저녁 노을빛이 황홀한 바닷가 백사장을 헤맨다. 아니 숲속을 헤맨다. 아니 바닷가 아니 숲속, 바닷가 숲속 바닷가 숲속 어딘지 모르겠다. 푸른 달빛이 환하다.

독신자도 아니고 유부녀도 아니고 유부남도 아니고 처녀도 아니고 총각도 아니고, 독신자가 아닌 것도 아니고 유부녀가 아닌 것도 아니고 유부남이 아닌 것도 아니고 처녀가 아닌 것도 아니고 총각이 아닌 것도 아니고, 대부분의 남녀가 다 그렇기도 하고 아니기도 하고, 그렇고 아니고 그렇고 아니고 반복하다 보니 그렇고가 아니고가 아닌 것도 아니면서 그런 것도 아니면서 세상은 돌아가고 시계도 돌아가고 선풍기도 돌아가고 너도 돌아가고 나도 돌아가고 지구도 돌아가고 우주도 돌아간다.

“유치원 안가겠다는 아이를 유치원에 억지로 보내고 오느라고 늦었어.” “오늘 낮에 팥빙수 어때?” “출근하는데 로드킬. 고양이였는데 피할 수 없어 그 위로 휙.” “퇴근하면서 삼겹살에 소주.” “열대야로 잠을 못잤어.” “딴 짓하느라고.” “홍대 앞에 가봐 시원시원한 다리만 보여.” “오늘 오전 회의 끝. 오후에 다시. 좋은 생각 가져와.”

한 개체에 암수의 성기를 함께 공유한 태초의 인간 안드로기노우스. 갈라져 남녀가 된 후로 서로의 짝을 찾는 행위로 열남녀烈男女熱男女悅男女가 되어 400만년 동안 이어져 온 짝맞춤. 정면 맞춤을 측면 맞춤을 앉아 맞춤을 서서 맞춤을 뒤로 맞춤을 이렇게 저렇게 즐겁고 재미있게 마음껏 맞추면서, 누르고 찌르고 비비든 열남여이길 바라면서 더듬고 꼬집고 돌리고 흔들면서 물어뜯고 불고 빨고 핥아주고 잘 씹어 삼키면 환상의 맛 천상의 맛을 보는 열남여이기를, 만져서 세우고 찔러서 세우고 넣어서 세우고 빨아서 세우고 발라서 세우고 먹어서 세우고 고쳐서 세우고 정 안되면 심어서 세워 환락의 짝맞춤을 마음껏 하시길. 두껍고 단단한 자본주의의 껍질 속에서 환영이고 환상이고 그림자이고 구름이고 바람이고 허깨비이고 헛것으로 연기로 살아가고 사라지시기를.

위의 글을 시라고 하면서 신작시로 보내면? 하늘 아래 새로운 것이 없다는데 새로움을 찾아 실패하고 앞으로 또 실패하려고 시를 쓰는데 청명한 가을 하늘 새털구름이 강남쪽으로 흐른다. 아니 강북쪽으로 흐른다. 아무려면 어떤가, 곧 서쪽 하늘이 붉게 물들 것이다.

알고 쓰는 것이 무엇인지 '알고'를 잘 모르니 횡설수설 이런 글을 쓴다. 아니 쓰는 것이 아니라 타자 중이다. 이런 글은 타자가 제격이다. 타자打字는 타자他者가 되고 타자打者가 된다. 타자를 시작하면 타자되는 글은 가끔 예상하지도 못한 의미를 만나기도 한다.

현대사회의 특징 중 하나는 에로티시즘의 대중화이다. 성행위 자체를 보는 것(porno)은 그렇게 에로틱하지 않지만 성행위를 암시하거나 환기하는 이미지는 에로틱하다. 감정보다 감각이 먼저이고 보면 인간은 이성과 합리로 무장한 주인공이 아니라 무의식에 지배를 받는 노예에 불과하다는 프로이트의 말이 맞는 것 같기고 하다. 빙산의 91.7%는 수면에 가라앉아 있고(무의식) 눈에 보이는 것은(의식) 8.3%뿐이라고, 알 수 없는 무의식이 인간을 지배한다.

무의식의 본질이 죽음이고 죽음에 도달하는 것이 쾌락의 극치라면 쾌락의 극치는 죽음의 맛이리라. 높은 강도의 자극과 긴장으로 가득 찬 섹스 행위의 목적은 쾌락(오르가슴)이고 결국 흥분이 소멸된 죽음의 상태를 맛보기 위한 것이다. 고도로 강화된 흥분이 순간적 소멸로 이어지는 것을 대신할 수 있는 쾌락(물론 그럴듯한 이유를 대가며 다른 그 무엇이 있다고 도덕군자처럼 이야기 한다면 할 말이 없지만)은 없다는 생각이다. 프로이트를 들먹이지 않아도 계속 성범죄는 증가하고 밖으로 드러나(예전에도 이런 저런 이유로 대중들에게 들어나지 않아서 그렇지 성범죄가 지금보다 적게 일어났다고 볼 수 없다.) 이슈가 되는 것은 혹 우리들의 무의식 속에 있는 관음의 에로틱한 본능을 건드리기 위한 언론매체의 숨겨진 의도가 아닐까? 남녀가 함께 살아가는 세상에서 성범죄가 사라진다는 것은 불가능해 보인다. 불비가 내려 인류가 멸망하지 않는 한 눈에 보이는 성범죄는 아마 계속 증가하고 또 이어질 것이다. 언론매체가 성범죄 피해자의 폐해를 수시로 보도하는 의도가 성범죄 예방보다도 관음의 에로틱한 본능을 대중들에게 보여주는데 더 중점을 두는 자본의 논리가 아닐까 의심 아닌 의심을 해 본다.

그러고 보니 무슨 헛소리를 하는지 나도 잘 모르겠다. 어제는 소주를 기절할 때까지 마셨다. 같이 마신 사람이 어제 집에 잘 들어갔냐고 하면서 2차에서 내가 잤다고 한다. 좋게 말해서 잔 것이지 기절한 것이다. 한마디로 정신을 놓은 것이다. 정신을 놓더라도 술 마실 때가 좋다. 살면서 즐거울 때가 별로 없는데 술 마실 때가 좋다. 이렇게 주저리주저리 타자하는데 퇴근 시간이 다되어가고 졸리다. 집에 가야겠다. 집에 가서 또 주저리주저리 타자해야겠다.

인터넷 바둑 한수 하다가 이어서 횡설수설 타자한다. 본능과 욕망은 어떻게 다른가? 식욕 수면욕 성욕은 본능인가 욕망인가? 본능이며 욕망인가 욕망이며 본능인가? 이성(동성)에 대하여 느끼는 성욕은 본능인가 욕망인가? 어떤 때는 본능이고 어떤 때는 욕망이고. 본능이니 욕망이니 구분하려는 내 짓거리가 웃기는 일이다. 성욕을 시로 대치해 보면 시를 쓰는 내 행위는 본능인가 욕망인가? 어떤 때는 본능적으로 시를 쓰고 어떤 때는 욕망함으로 시를 쓴다. 아니 본능과 욕망 틈에서 시를 쓴다. 이게 무슨 말인가. 산문은 이래서 싫다. 논리적으로 써야하는 이 짓거리가 싫다. 그냥 비가 오면 좋겠다. 그냥 눈이 오면 좋겠다. 흘러가는 구름이면 좋겠다. 흘러오는 구름이면 좋겠다. 오면 가고 가면 오고 그런 구름이면 좋겠다. 제기랄.

미디어시대에는 시인이 글을 쓰고 독자가 시를 읽는 것이 아니라 시인은 의미의 깊이도 표면도 없는 듯 세상을 흘려버리듯 써야 하리라. 활동적이고 촉감적인 세계에서 파편적이고 자율성이 결여된 삶을 살면서 눈에 보이는 이미지를 먹으면서 새삼 진리가 영원한, 신비한, 심오한 것이라고 믿으며 시를 쓰는 것은 착각이리라. 영상의 시대는 영상처럼 파편적으로 감각적으로 시를 써야 하리라. 영상은 노린다. 즐거움을 노린다. 쾌락을 노린다. 언어를 도구로 하는 시쓰기도 즐거워야 하리라.

유령과 놀자. 생각(사유)한다고 존재한다는 것은 생각 주체가 생각한다는 것인데 지금 내가 생각하지 않고 있는 사유이전 즉 멍멍한 상태라면 생각 주체는 어디로 달아났을까. 아마 유령이 되었을 것이다. 이때는 내가 존재하는 것이 아니고 유령이 존재하는 것이다. 이런 허깨비 다리 잡는 소리를 한다는 것이 유령과 노는 것이다. 유령이 유령을 붙잡고 놀아보는 시를 쓰는 것도 괜찮은 일이리라.

안개가 점점 짙어지는 일요일 새벽이다. 김포의 짙은 안개 밑으로 한강이 거꾸로 흐른다. 밀물 때 서해 바닷물이 한강물을 거꾸로 흐르게 한다. 거꾸로 흐르는 세상. 커피를 마시고 담배를 피우고 똥을 싸면서 잠에서 깨어난다. 한강 변의 초소와 철조망. 철조망이 나를 가둔다. 초소 안에는 총을 든 병사가 있고 철조망 너머에는 한강이 있고 반대로 내가 있고 내 집이 있다. 철새들이 날아오고 나는 거실에서 짙은 안개 속 철조망 너머 한강을 보고 한강은 철조망 너머 나를 본다. 강 건너 가로등 불빛도 흐리고 자유로를 달리는 자동차 불빛도 흐리다. 치통으로 나도 짙은 안개다. 안개의 글은 곧 증발할 것이다. 안개가 걷히면 자전거를 타고 시끄러운 여의도까지 가보리라. 걸으며 산책을 하면 이것 저것 생각하는 것이 많아지는데 자전거를 타면 생각도 줄어들어 좋다. 복잡하게 생각하지 않아서 좋다. 어떤 때는 이어폰으로 노래를 들으며 탄다. 무슨 노래가 나오는지 모르고 탄다. 100세 시대에 꾸역꾸역 죽도 밥도 아닌 글을 쓰고 자전거를 타고 산책을 한다.

여자 셋을 알면 평생을 망친다는 말을 들었다. 이 문장에서 '알면'은 몸을 지속적으로 섞는 관계를 말하는 것인지, 아니면 사전적 의미로 (사람이나 사실이나 대상을)의식이나 감각으로 느끼거나 깨닫다 또는 (어떤 사람이 다른 사람과, 또는 둘 이상의 사람이) 서로 낯이 익는 정도의 관계를 말하는 것인지 알 수 없지만, 여자 셋커녕 하나도 제대로 알지 못

하면서 나는 평생을 망치고 있다는 생각을 해본다. 그래서 '**안다**'는 것이 두렵고 불안해서 알려고 하지 않고 알려고 하지 않으므로 무심해지고 무심함으로 매정하고 매정하니까 매정媒精하고 방정放精하면서 평생을 망쳐 가는데 또 '**망친다**'는 또 무슨 뜻인지 모르겠다.

시답잖은 이야기가 사람 사는 이야기이고 사람 사는 이야기가 시가 되어야 하고 그 시답잖은 이야기로 시답지 않은 시를 쓴다. 그렇게 시를 쓰는 내가 고맙다.

※ 모던시 전문지 〈이상〉은 11호를 끝으로 휴간한다. 그동안 성원해 주신 시인 독자 여러분들의 성원에 보답 못한 것 같아 죄스럽다. 언제가 될지 모르지만 기회를 봐서 다시 복간하려고 한다. 모두 건강했으면 좋겠다.

망상망상

ⓒ2017 이낙봉

초판인쇄 _ 2017년 9월 25일

초판발행 _ 2017년 9월 29일

지은이 _ 이낙봉

발행인 _ 홍순창

발행처 _ 토담미디어

서울 종로구 돈화문로 94(와룡동) 동원빌딩 302호

전화 02-2271-3335

팩스 0505-365-7845

출판등록 제2-3835호(2003년 8월 23일)

홈페이지 www.todammedia.com

편집미술 _ 김연숙

ISBN 979-11-86129-96-8

잘못 만들어진 책은 구입하신 서점에서 교환하여 드립니다.
이 책의 저작권은 저자에게, 출판권은 계약기간 중 토담미디어에 있습니다.
정가는 뒷표지에 있습니다.